Citrouilleville

(Rien n'est mieux ni pire que des citrouilles)

Katie McKy Illustrations de Pablo Bernasconi

Texte français de Marie Frankland

Éditions SCHOLASTIC

José et sa famille cultivent des citrouilles. Ils commencent par planter des graines toutes brillantes, puis de longues tiges apparaissent un peu partout dans les champs.

Ensuite, des citrouilles de toutes tailles se mettent à pousser. Il y en a des petites, des moyennes et des grosses.

Certaines sont si petites qu'on peut
les glisser dans une poche.

Les citrouilles de taille normale sont
plus lourdes, mais un garçon assez fort
peut les soulever.

D'autres sont tellement grosses qu'il faut cinq garçons
pour les faire rouler.

À l'automne, José et sa famille récoltent les citrouilles et coupent leurs tiges. Puis deux camions emportent les énormes fruits dans des villes lointaines. Certaines citrouilles servent à faire des lanternes et d'autres à faire des tartes.

José et sa famille gardent tout de même quelques citrouilles, car ils ont besoin des graines pour les semences.

Au moment de choisir les citrouilles, le père de José dit à ses garçons :

— Gardez seulement les plus belles.

Alors, José et ses frères vident les plus belles citrouilles et ne gardent que les graines les plus grosses et les plus brillantes.

Lors d'une journée d'octobre particulièrement venteuse,
José et ses frères se débarrassent des graines de citrouilles
trop petites et trop ternes. Ils les jettent dans le champ
qui surplombe le village.

Mais le vent les emporte jusqu'au-dessus des maisons
où elles tombent en pluie.

Elles se logent dans les toits en paille, dans les pots
de fleurs et dans les jardins.

L'histoire aurait pu se terminer là, mais…

Au printemps suivant, la pluie réveille les petites graines, et des tiges apparaissent.

Plus il pleut, plus les tiges poussent. Elles s'enroulent autour des cheminées et envahissent les champs de maïs.

Au début, les villageois aiment bien ces jolies tiges délicates.

Mais elles deviennent grandes, robustes et feuillues, et se faufilent partout, passant d'une fenêtre à l'autre comme des serpents verts silencieux.

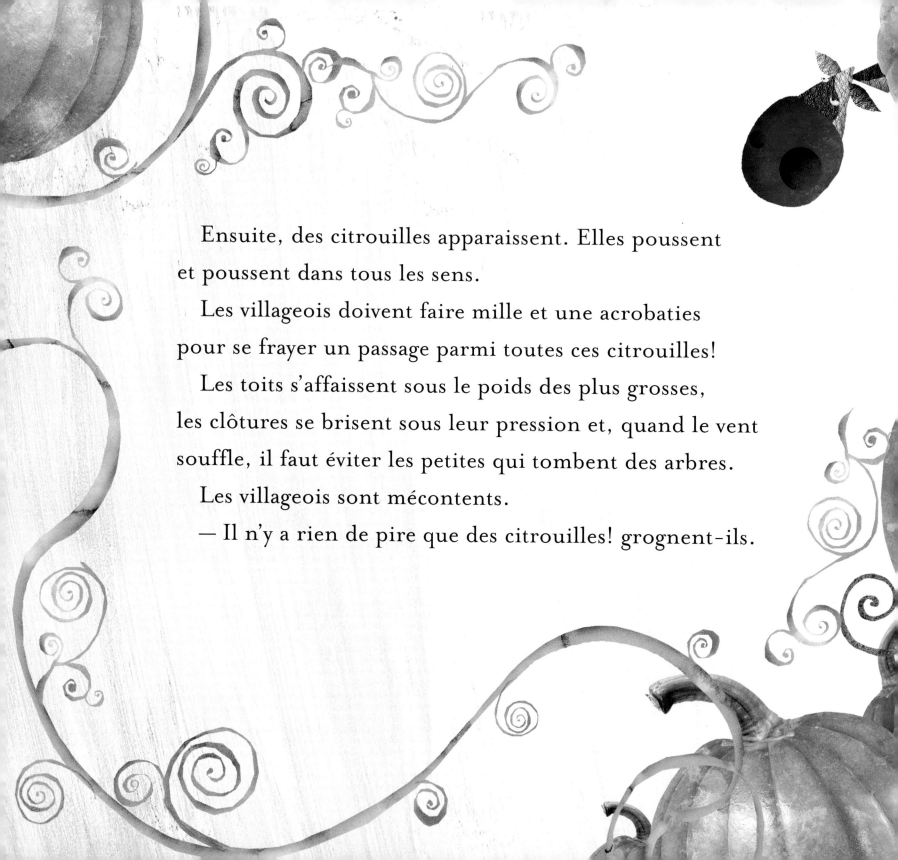

Ensuite, des citrouilles apparaissent. Elles poussent
et poussent dans tous les sens.

Les villageois doivent faire mille et une acrobaties
pour se frayer un passage parmi toutes ces citrouilles!

Les toits s'affaissent sous le poids des plus grosses,
les clôtures se brisent sous leur pression et, quand le vent
souffle, il faut éviter les petites qui tombent des arbres.

Les villageois sont mécontents.

— Il n'y a rien de pire que des citrouilles! grognent-ils.

Pendant ce temps, sur la colline, José et sa famille récoltent leurs citrouilles et les empilent en prenant bien soin de mettre les plus belles de côté. Quand ils ont fini, ils les contemplent et s'exclament :

— Il n'y a rien de mieux que des citrouilles!

Mais en regardant le village en bas, ils ont l'impression que quelque chose a changé… Tout semble vert et orangé…

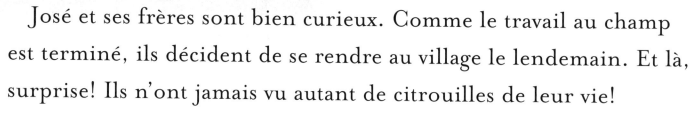

José et ses frères sont bien curieux. Comme le travail au champ est terminé, ils décident de se rendre au village le lendemain. Et là, surprise! Ils n'ont jamais vu autant de citrouilles de leur vie!

Ils se souviennent alors de la journée de grand vent, en octobre, où ils se sont débarrassés des graines petites et ternes.

— C'est notre faute, dit José tout bas.

— Il faut faire quelque chose, murmurent ses frères.

— Allons d'abord nous reposer, chuchote José.

Cette nuit-là, José et ses frères coupent toutes les citrouilles et toutes les tiges dans le village. Ils essaient de ne pas faire de bruit, mais des villageois les observent en cachette.

Ils sont fascinés par la méthode des frères qui grimpent aux poteaux, se glissent entre les arbres et se faufilent d'une fenêtre à l'autre comme des serpents silencieux, ramassant et empilant tiges et citrouilles.

À leur réveil, les villageois découvrent une belle montagne de citrouilles, un amoncellement de tiges vertes et un tas de jeunes garçons épuisés.

Les frères s'endorment dans une charrette. En guise de remerciement, les villageois la remplissent de foin et de cinq gros melons d'eau. Ils ramènent les frères chez eux, puis les déposent délicatement sur l'herbe sans les réveiller.

Quand le père de José voit ses garçons, il leur demande ce
qu'ils ont fait pour mériter ces magnifiques melons d'eau.
— Nous avons aidé les villageois à faire les récoltes, répondent
simplement les frères.

C'est la vérité, après tout.

En bas, au village, avec la montagne de citrouilles, on remplit cinq camions. Les villageois reçoivent une grosse somme d'argent pour tous ces fruits.

— Il n'y a rien de mieux que des citrouilles! s'exclament-ils.

Ils dépensent une partie de l'argent pour organiser un grand festin. Ils font aussi un immense feu de joie avec les tiges des citrouilles. Puis, avec le reste de l'argent, ils décident d'ériger une statue en hommage aux cinq mystérieux garçons qui ont récolté les citrouilles.

Durant toute la semaine qui suit, les villageois sont occupés à réparer leurs toits et leurs clôtures. José et sa famille, eux, sont occupés à manger leurs délicieux melons d'eau.

Ils sont tellement sucrés que tout le monde s'exclame :

— Il n'y a rien de mieux que des melons d'eau!

Le père de José dit à ses garçons :

— Faites attention aux graines. Nous cultivons des citrouilles, pas des melons d'eau.

Ils mettent toutes les graines des melons d'eau dans un grand bol qu'ils déposent à l'extérieur. Durant la nuit, une rafale réveille le père de José.

Il craint que le vent ne disperse les graines des melons d'eau dans son champ.

Sous le clair de lune, le père de José se rend au bout de son champ avec le bol de graines, puis il les jette au loin. Le vent les emporte jusqu'au-dessus du village où elles tombent en pluie.

Les graines de melons d'eau se logent dans les toits en paille, dans les pots de fleurs et dans les jardins. Elles se glissent aussi dans le sol au pied de la statue de José et de ses frères.

Et qui sait si l'histoire se termine là?...

Pour Mick, qui m'aide à cultiver mes mots – K.M.
Pour Natalia, qui fait germer mes idées – P.B.

Catalogage avant publication de Bibliothèque et Archives Canada

McKy, Katie

Citrouilleville / Katie McKy ; illustrations de Pablo Bernasconi ;
texte français de Marie Frankland.

Traduction de: Pumpkin Town.
Pour les 4-8 ans.

ISBN 978-0-545-98235-1

I. Bernasconi, Pablo, 1973- II. Frankland, Marie, 1979- III. Titre.

PZ23.M3375Ci 2009   j813'.6   C2009-901530-7

Édition publiée par les Éditions Scholastic,
604, rue King Ouest, Toronto (Ontario) M5V 1E1,
avec la permission de Houghton Mifflin Publishing Company.

5 4 3 2 1   Imprimé au Canada   09 10 11 12 13

Le texte a été composé en caractères Mrs. Eaves Roman 20 points.

Les illustrations sont des collages de créations originales et d'objets divers.